# CATALOGUE

DES

# OBJETS D'ART

## ET DES CURIOSITÉS

COMPOSANT LA COLLECTION

## De Feu M. DAUGNY

Chevalier de la Légion d'Honneur

dont la vente aux enchères publiques aura lieu

HOTEL DES COMMISSAIRES-PRISEURS

**RUE DROUOT, N° 5**

SALLE N° 1, AU 1er

Les Lundi 8, Mardi 9, Mercredi 10 et Jeudi 11 Mars 1858

A UNE HEURE PRÉCISE

Par le ministère de M^e **CHARLES PILLET**, Commissaire-Priseur

successeur de M. BONNEFONS DE LAVIALLE

rue de Choiseul, 11

Assisté de **M. ROUSSEL**, Expert, rue Neuve de l'Université, n° 5

EXPOSITION PARTICULIÈRE

Le Samedi 6 Mars, de midi à 5 heures

**EXPOSITION PUBLIQUE**

Le Dimanche 7 Mars, de midi à 5 heures

LE CATALOGUE SE DISTRIBUE :

**A Paris,** Chez M^e PILLET, rue de Choiseul, 11.
M. ROUSSEL, rue Neuve-de-l'Université, 5.

**A Londres,** chez M. WEBB, 22, Cork Street, Bond Street.

**A Bruxelles,** chez M. Étienne LEROY.

1858

RENOU ET MAULDE
IMPRIMEURS DE LA COMPAGNIE DES COMMISSAIRES-PRISEURS
rue de Rivoli, 144.

# CATALOGUE

# D'OBJETS D'ART

## ET DE CURIOSITÉS

# CATALOGUE

DES

# OBJETS D'ART

## ET DES CURIOSITÉS

COMPOSANT LA COLLECTION

## DE FEU M. DAUGNY

Chevalier de la Légion d'Honneur

dont la vente aux enchères publiques aura lieu

HOTEL DES COMMISSAIRES-PRISEURS

**RUE DROUOT, Nº 5**

SALLE Nº 1, AU 1er

**Les Lundi 8, Mardi 9, Mercredi 10 et Jeudi 11 Mars 1858**

A UNE HEURE PRÉCISE

---

Par le ministère de **Me CHARLES PILLET**, Commissaire-Priseur
Successeur de M. BONNEFONS DE LAVIALLE
rue de Choiseul, 11

Assisté de **M. ROUSSEL**, Expert, rue Neuve de l'Université, nº 5

---

EXPOSITION PARTICULIÈRE

Le Samedi 6 Mars, de midi à 5 heures

**EXPOSITION PUBLIQUE**

Le Dimanche 7 Mars, de midi à 5 heures

LE CATALOGUE SE DISTRIBUE :

**A Paris,** { Chez Me PILLET, rue de Choiseul, 11.
M. ROUSSEL, rue Neuve-de-l'Université, 5.

**A Londres,** chez M. WEBB, 22, Cork Street, Bond Street.

**A Bruxelles,** chez M. Étienne LEROY.

1858

## CONDITIONS DE LA VENTE.

Elle sera faite au comptant.

Les acquéreurs payeront, en sus des adjudications, cinq centimes par franc, applicables aux frais de vente

L'exposition publique mettant les acquéreurs à même d'examiner les objets avant la vente, aucun d'eux ne sera repris sous aucun prétexte que ce soit, une fois l'adjudication prononcée.

La collection d'objets d'art de M. Daugny se recommande plus par le choix des objets qui la composent que par leur nombre.

Elle renferme des pièces remarquables dans chaque série, telles qu'on en rencontre rarement dans les collections particulières, et toutes offrent un intérêt historique et artistique, même parmi celles de moindre valeur.

Aussi pouvons-nous assurer que cette vente offrira aux Amateurs l'occassion d'acquérir des objets intéressants et de bon goût, si rares aujourd'hui.

# DÉSIGNATION

# DES OBJETS

## IVOIRES SCULPTÉS.

1 — Grand bas-relief, sujet allégorique représentant la Fécondité. Composition de douze figures d'une très-bonne exécution et remarquable par sa dimension. Cadre en bois noir sculpté.

Haut. 25 c. — Larg. 22 c.

2 — Le buste de Colbert, sur piédouche en ébène et fût de colonne en ivoire. Sculpture fine et bien terminée.

Haut. totale 22 c.

3 — Grande et belle sculpture de haut-relief appliquée sur fond noir. Composition de neuf figures. Travail italien du XVI^e^ siècle.

Haut. 23 c. — Larg. 34 c.

4 — La Flagellation du Christ. Sculpture de haut-relief composée de plus de vingt figures. Travail du XVII^e^ siècle. Cadre en bois noir.

Haut. 12 c. — Larg. 13 c.

5 — Statuette de Jupiter debout, tenant la foudre. Jolie statuette sur socle en bois noir. Travail du XVIII^e siècle.

Haut. 19 c.

6 — La Vierge portant l'Enfant Jésus. Très-beau groupe. Bonne sculpture du XVII^e siècle. Les draperies sont d'une grande légèreté. Sur socle en bois noir.

Haut. 24 c.

Bourdeley

7 — Grand diptyque du XV^e siècle, à sculpture de haut-relief. Chaque volet est divisé en trois compartiments, offrant sur chacun d'eux des sujets tirés de la vie du Christ, placés sous des arceaux de style ogival, très-riches d'ornementation. Pièce remarquable par sa dimension et sa conservation. Il provient de la collection Roger.

Haut. 25 c. — Larg. 24 c.

Viel Castel

8 — Beau cippe orné d'un bas-relief représentant une Bacchanale, composée d'un grand nombre de figures. Très-belle sculpture dans le style Rubens, avec riche monture en bronze doré.

Haut. 26 c. — Diamètre 15 c.

9 — Sculpture de haut-relief. Le buste de saint Jérôme le coude appuyé sur un cippe. Ouvrage d'un grand sentiment et d'une belle exécution. Cadre en bois noir.

Haut. 14 c. sur 10.

10 — Bas-relief représentant la Marche de Silène, d'après François Flamand. Groupe de trois figures placé sous un berceau chargé de raisin, auquel est suspendu un trophée bachique. Ouvrage du XVIIIe siècle. Cadre bois noir.

Haut. 15 c. — Larg. 10 c.

11 — Bas-relief représentant un Satyre blessé. Groupe de quatre figures, placé sous un berceau chargé de raisin, avec trophée bachique. Même dimension que le précédent, auquel il peut servir de pendant.

12 — Diptyque gothique offrant quatre sujets en sculpture de haut-relief, représentant l'Annonciation, la Conception, l'Adoration des Mages et l'Apothéose de la Vierge. Cette pièce est remarquable par la beauté du dessin et le fini de la sculpture. Travail du XVe siècle. Cadre bois noir. Provenant de la collection Roger.

Haut. 14 c. 1/2. — Larg. 15 c.

13 — Groupe de six figures de ronde de bosse, représentant la Vierge, l'Enfant Jésus, saint Joseph, saint Jean et les saintes femmes. Travail de la fin du XVIe siècle. Sur socle en bois noir.

Haut. 21 c. — Larg. 13 c.

14 — Bas-relief circulaire provenant d'une poire à poudre du XVIe siècle, représentant la Chasse au sanglier et la Chasse au cerf. Travail allemand d'une grande finesse d'exécution. Cadre noir.

11 c. de diamètre.

15 — Triptyque du XV^e siècle dont les volets, divisés chacun en deux compartiments, représentent les sujets suivants : l'Annonciation, la Conception, l'Adoration des Mages, le Massacre des Innocents, la Résurrection de Lazare, le Lavement des pieds, la Cène, le Jardin des Oliviers, la Crucifixion et l'Ensevelissement du Christ. Ces sujets sont placés sous des arceaux à plein cintre d'une ornementation gothique très-riche. Il provient de la vente Brunet Denon.

Haut. 12 c. — Larg. totale 34 c.

16 — Diptyque gothique du XV^e siècle, offrant deux bas-reliefs, représentant l'un l'Adoration des Mages, l'autre la Crucifixion. Ces deux sujets sont placés sous des arceaux en ogives richement ornés. Cadre bois noir.

Haut. 13 c. — Larg. 20 c.

17 — Statuette de femme voilée ; dont la légèreté des draperies imite la transparence de la mousseline, et permet de voir au travers les traits de la physionomie ainsi que les formes du corps. Sculpture italienne très-curieuse et d'un effet surprenant. Elle est signée *Andrea Imbiol*. Sur socle bois noir.

Haut. 31 c.

18 — Groupe de trois figures de ronde-bosse, représentant les Parques. Exécuté dans un seul morceau d'ivoire. Beau travail de style flamand. Provenant de la vente Debruge, sous le nº 239.

Haut. 20 c.

19 — La Leçon de flûte, sculpture de haut-relief. Un Satyre enseigne à une jeune Bacchante à jouer de la flûte. On y voit plusieurs Satyres et Bacchantes livrés à différentes occupations. Cette pièce est remarquable par le fini du travail et le gracieux de son ensemble. Cadre en bois noir. Provenant de la collection Debruge.

Haut. 16 c. 1/2. — Larg. 11 c.

20 — Bas-relief de style byzantin, divisé en trois compartiments, celui du haut représente la Nativité et les Apôtres, les deux autres représentent la Rencontre de saint Pierre et de saint Paul, et plusieurs saints personnages. Des inscriptions en caractères grecs sont placées à côté de chaque figure. Travail du XIIe siècle. Cadre en bois noir.

Haut. 27 c. — Larg. 13 c.

21 — Grand diptyque dont les deux feuilles sont cintrées dans le haut; celle de gauche offre le Christ debout entièrement drapé; sur l'autre la Vierge debout portant l'Enfant Jésus. Travail des premiers temps du moyen âge. Les inscriptions en lettres gothiques dorées qui entourent les figures paraissent être d'une époque postérieure à celle de la sculpture. Cet objet précieux provient du cabinet de M. Cottreau.

Haut. 27 c. — Larg. 20 c.

22 — Diptyque offrant quatre bas-reliefs représentant des sujets tirés de la vie de Jésus-Christ, et placés sous des arceaux de style ogival. Ouvrage très-fin et bien fouillé. Provenant de la vente Cottreau.

Haut. 12 c. — Larg. 16 c.

23 — Petite statuette de Moine debout ; le vêtement est rehaussé d'ornements dorés. Sur piédestal en bois d'ébène incrustré de filets d'ivoire.

Haut. 19 c.

24 — Hébé debout tenant une buire. Statuette à demi drapée. Sur piédestal en bois noir.

Haut. 17 c.

25 — Pot à bière dont le pourtour est couvert de sculptures en relief représentant des branches de fruits et de fleurs, ainsi qu'un grand nombre d'animaux variés. Ouvrage très-fin du XVII<sup>e</sup> siècle. Monture rocaille cuivre doré.

26 — Saint Michel terrassant le démon. Le Saint est représenté sous les traits de Louis XIV en costume romain. Cette pièce, d'un grand vo-.ume, est placée sur une console à cul-de-lampe, ornée de lambrequin et de draperies, en bois sculpté et doré. Vente Flope.

Haut. 42 c.

27 — Grand médaillon représentant, en bas-relief, Anne de Boulen, femme de Henri VIII. Cadre à moulures en écaille.

Haut. 17 c. — Larg. 14 c.

28 — Beau bas-relief représentant l'Adoration des bergers. Composition d'un grand nombre de figures et d'une rare perfection de travail. Il provient du cabinet de M. Revil. Ce bel ouvrage, attribué à Bouchardon, se trouvait dans la sacristie de l'église de Saint-Pierre à à Rome, d'où il aurait été enlevé lors de l'entrée des Français en cette ville au temps de la république.

## BOIS SCULPTÉS.

29 — La Fuite en Egypte. Sculpture de haut-relief, du siècle de Louis XIV. Cadre bois noir.

Haut. 12 c. — Larg. 11. c.

30 — Descente de croix. Sculpture de haut-relief, composée d'un grand nombre de figures dans le style Rubens. Cadre bois doré.

Haut. 15 c. — Larg. 22 c.

31 — Le martyr de saint Roch. Sculpture de haut-relief, composée de neuf figures d'un travail très-fin. Cadre bois noir.

Haut. 21 c. — Larg. 12 c.

32 — La Conversion de saint Paul. Sujet composé d'un grand nombre de figures exécutées en haut-relief. Époque Louis XIV. Cadre bois doré.

Haut. 14 c. — Larg. 20 c.

33 — La Transfiguration. Groupe de six figures exécutées en ronde-bosse dans le même morceau de bois. Ouvrage du XVIe siècle. Cadre bois noir.

Haut. 28 c. — Larg. 18 c.

34 — Bas-relief représentant le Calvaire. Ce sujet, composé de nombreuses figures, est placé en arrière d'un monument formé de deux arceaux à plein cintre, ornés de sculptures, au travers duquel divers épisodes du sujet s'aperçoivent. Cadre en bois noir.

Haut. 22 c. — Larg. 14 c.

35-36 — Deux bas-reliefs en forme de frises, représentant, l'un le Festin des Dieux, l'autre Mars et Vénus pris dans les filets de Vulcain. Ces deux pièces d'un travail très-fin sont signées *Léon Baur*. Cadre en bois d'ébène.

Haut. 8 c. — Larg. 23 c.

37 — Statuette de sainte Barbe, debout, en très-riche costume, chargée d'ornements en reliefs de la plus grande finesse d'exécution. Auprès d'elle est la tour qui lui sert d'attribut. Ouvrage allemand du XVIe siècle. Sur socle en bois d'ébène. Provenant de la vente Denon.

Haut. 33 c.

38 — Groupe deux figures en bois, représentant l'Enlèvement d'une Sabine, d'après le groupe de Jean de Bologne. Ouvrage du XVIIe siècle. Sur piédestal en bois. Il provient de la vente de M. Sommesson.

Haut. 26 c.

39 — Sculpture de haut-relief représentant un groupe de figure en costumes de l'époque de Louis XIII. Cadre en bois.

Haut. 13 c. — Larg. 26 c.

## BRONZES

40 et 41 — Deux statuettes. Ésope et Diogène. Bronzes italiens très-fins sur piédestaux en bois noir.

Haut. 17 c.

42 — Cheval au galop. Bronze florentin d'une grande finesse, sur piédestal en bois.

Haut. 19 c. — Long. 24 c.

43 et 44 — Deux très-beaux groupes en pendants; l'un représente un cavalier, en costume oriental, terrassant un lion; l'autre, un cavalier en costume romain, terrassant un dragon. Bronzes italiens, sur socles en jaune de Sienne.

Haut. 20 c. — Larg. 17 c.

45 — La Mère de douleur tenant son Fils mort sur ses genoux. Beau groupe d'après la Pieta de Michel-Ange. Le piédestal est orné de cariatides et de guirlandes. Bronze florentin fondu d'un seul jet à cire perdue, provenant du cabinet Denon.

Haut. 23 c.

46 — Vénus, assise sur un tronc d'arbre, tressant ses cheveux. Beau bronze florentin du XVIe siècle, provenant du cabinet Denon.

Haut. 20 c.

47 — Hercule terrassant l'hydre. Beau bronze italien, provenant de la vente de M. le baron Michel.

Haut. 23 c.

48 — Statuette d'un jeune faune debout, couronné de pampres, tenant d'une main des raisins et de l'autre une coupe. Beau bronze florentin sur piédestal en marqueterie de cuivre sur ébène.

Haut. 30 c.

49 — Jeune voyageur appuyé sur son bâton. Statuette du XVI^e^ siècle, sur socle en bois noir.

Haut. 13 c.

50 — Vénus sortant du bain, le pied appuyé sur un vase. Jolie statuette florentine sur fût de colonne en porphyre oriental, avec moulure en marbre blanc.

Haut. 13 c.

51 — Deux chandeliers florentins, de forme triangulaire, ornés de cariatides et de têtes de béliers.

Haut. 18 c.

52 Lampe italienne à deux becs, du XVI^e^ siècle. Elle a la forme d'un croissant surmonté d'un Amour, elle est supportée par trois griffes de lion et ornée de feuillages.

Haut. 31 c.

## ARGENTS

53 — La Pâque. Sujet composé de dix figures de haut-relief en argent repoussé. Travail flamand du XVII^e siècle, provenant du cabinet Denon.

Haut. 10 c. — Larg. 11 c.

54 — Bas-relief cintré dans le haut, argent repoussé, représentant la Mise au tombeau, d'après un peintre flamand. Cadre bois noir.

Haut. 16. — Larg. 12 c.

55 — Très-beau calice du temps de Louis XIII, en argent doré, décoré d'ornements en appliques et découpés à jour en or émaillé, enrichis de pierreries, de perles fines et de camées; le tout d'une parfaite exécution et d'une belle conservation Le couvercle, également riche, est surmonté d'un ange agenouillé tenant un instrument de musique. Pièce remarquable.

Haut. 32 c.

56 — Petit vidrecome à bosselages, en argent doré, supporté par une figurine d'homme tenant une musette. Sur le couvercle, une petite figure assise.

Haut. 28 c. — Poids 320 gr.

57 — Très-beau calice, du temps de Louis XIV, en argent repoussé et doré, orné de figures d'anges portant les divers attributs de la

Passion, de bas-reliefs représentant des sujets tirés de la vie du Christ et de têtes de chérubins ailés supportant la coupe.

Cette pièce d'orfévrerie remarquable, d'une ornementation très-riche et d'une belle ciselure, est munie de sa patène et porte un chiffre couronné.

Poids 1600 gr.

58 — Beau reliquaire en argent. Statuette de saint Vincent portant des reliques. Travail repoussé du XIVe siècle.

Haut. 35 c. — Poids 1370 gr.

59 — Le Christ à la colonne. Statuette d'un beau modelé et d'une belle ciselure. Ouvrage du temps de Louis XIII. Sur socle en porphyre rouge oriental.

Haut. 17 c.

60 — Statuette d'un saint évêque debout et décoré de tous les ornements sacerdotaux. D'une exécution remarquable dans tous ses détails. Les chairs sont en blanc et les ornements dorés.

Haut. 15 c.

61 — Bas-relief en argent, en partie doré, représentant l'Incrédulité de saint Thomas. Composition de douze figures. Beau travail italien du XVIe siècle. Cadre en ébène.

Haut. 14 c. — Larg. 13 c.

62 — Horloge astromique, du XVIe siècle, en argent en partie doré, du nom de Gerhard Emmoser Sac Cæs, Meïs Horologia rivs-F-Vienna-A-1579. Elle marque les heures, les quantièmes, les mois, les phases de la lune, etc. Le mouvement est contenu dans une sphère céleste entourée de ses cercles et méridiens et portée sur un cheval ailé. Cette pièce, chef-d'œuvre d'horlogerie, est aussi très-remarquable par la beauté de la gravure et le fini des détails.

Elle est être en parfait état et marche. Elle a appartenu à M. Delacronière, conseiller en la cour des aides de Paris, 1781.

Haut. 27 c. — Diam 21 c.

## MAJOLIQUES

63 — Fabrique de Gubbio. — Coupe basse à ornements en relief. Au milieu, un buste de femme émail à reflets métalliques rehaussé de bleu.

Diam. 23 c.

64 — Fabrique de Bernard Palissy — Beau plat creux décoré de syrènes sur des dauphins, et tenant des vases remplis de fleurs émaillées en couleurs variées sur fond bleu.

Diam. 25 c.

65 — Fabrique de Pesaro. — Petite coupe à bosselages, à reflets métalliques rehaussés de bleu et blanc.

66 — Fabrique d'Urbino. — Petit plat dit Cuppa Amatoria, représentant la Joute d'Appollon et de Martias.

Diam. 23 c.

67 — Fabrique de Gubbio. — Petite coupe à bosselages. Au centre, deux amours tenant un écusson armorié. Bel émail à reflets métalliques rehaussés de bleu.

Diam. 19 c.

68 — Fabrique de Benard Palissy. — Hanap décoré de feuillages émaillés de couleurs variées. L'anse est formée par un oiseau et le goulot orné d'un mascaron.

Haut. 17 c.

69 — Fabrique de Castel-Durante. — Coupe profonde décorée d'arabesques en grotesques sur des fonds de diverses couleurs. Au milieu, un guerrier armé à la romaine.

Diam. 30 c.

70 — Fabrique de Faenza. — Joli petit plat décoré d'arabesques sur fond orangé. Au milieu, un jeune garçon se perçant d'une épée. Figure allégorique.

Diam. 24 c.

71 — FABRIQUE D'URBINO. — Grande coupe festonnée représentant l'Enlèvement de Proserpine. Belle peinture et bel émail.

28 c.

72 — FABRIQUE D'URBINO. — Vase de forme élégante décoré d'arabesques en grotesques de diverses couleurs, sur fond blanc et de quatre mascarons à mufle de lion.

Haut. 35 c.

73 — FABRIQUE DE FAENZA. — Coupe basse à fond vert, représentant le triomphe d'un empereur romain. Au fond, un paysage; au revers, une inscription indiquant le sujet avec la date 1524.

Diam. 27 c.

74 — FABRIQUE DE BERNARD PALISSY. — Corbeille à ornements d'entrelacs et fleurons découpés à jour, enrichie de six mascarons en relief. La bordure, émaillée en bleu, est ornée de petites tiges de feuillages.

Diam. 20 c.

75 — FABRIQUE DE BERNARD PALISSY. — Saucière à fond bleu, offrant une figure de femme debout, tenant deux cornes d'abondance chargées de fruits et de fleurs.

Long. 19 c. — Larg. 10 c.

76 — FABRIQUE DE LAFRATTA. — Encrier formé de quatre lions, sur socle, chargé d'ornements gravés sur engobe, avec décor d'émail vert et jaune.

Haut. 15 Diam. 16 c.

77 — Fabrique de Lucadella Robbia. — Bas-relief, de forme circulaire, émaillé en couleur. Saint Jean écrivant son Évangile, un ange lui présente un encrier. Bel ouvrage du commencement du xve siècle. Provenant de la vente Debruge.

Diam. 38 c.

78 — Fabrique de Gubbio. — Petite coupe avec décor à bosselages. Au milieu, un symbole. Très-bel émail à reflets rouge feu et mordoré, rehaussé de blanc.

Diam. 18 c.

79 — Fabrique d'Urbino. — Salière formée par trois chimères supportant la coupe destinée à recevoir le sel, dans laquelle on lit le mot : *Sale*.

Haut. 16 c.

80 — Même Fabrique. — Petite coupe en forme de coquille. L'anse est formée par des serpents. A l'intérieur, sur fond jaune, est représenté Bacchus tenant des raisins.

Long. 14 c. — Larg. 12 c.

81 — Fabrique de Bernard Palissy. — Grand bas-relief ovale en hauteur, représentant le Baptême de saint Jean. Cadre en bois noir avec ornements en cuivre doré.

Haut. 34 c. — Larg. 25 c.

# DEUXIÈME VACATION

## ÉMAUX DE LIMOGES

82 — Petite plaque carrée émaillée, sur paillon à couleurs très-vives, représentant l'Apothéose du Christ. Émail d'une grande finesse. — Signée au revers en lettres d'or :

M.F. VERTHAMON

C. D. R.

Haut. 11 c. — Larg. 9 c.

83 — Plaque carrée, émail colorié, représentant la Circoncision. Ce sujet est renfermé dans un médaillon ovale avec écoinçons à paillon sur fond noir. Cadre en bois doré.

Haut. 17 c. — Larg. 12 c.

84 — Grande et belle plaque à peinture coloriée et à paillons, rehaussée d'or et d'émaux transparents imitant des pierreries, représentant la Flagellation du Christ. Peinture dans le style du XV^e siècle. Signée Jehan P. E. NICAULAT.

Haut. 23 c. — Larg. 19 c.

85 — Autre belle plaque à peinture coloriée et à paillons, avec rehauts d'or et d'émaux transparents, représentant Jésus couronné d'épines. Même signature et même époque que la précédente.

La beauté du dessin, la richesse des couleurs et la belle conservation de ces deux émaux peuvent les placer au premier rang de ce genre. Ils proviennent de la collection de M. Didier Petit et sont décrits par M. de Laborde dans sa notice sur les émaux, p. 152.

86 — Émail colorié représentant une abbesse à genoux, présumée être, d'après les armoiries placées au-dessus de sa tête, *Louise de Bourbon-Vendôme, abbesse d'Origny, de Sainte-Croix de Poitiers et de Fontevrault,* morte en 1575. Elle est entourée de divers sujets de sainteté. Émail du XVI^e^ siècle, d'une grande finesse d'exécution. Provenant du cabinet de M. Didier Petit.

Haut. 17 c. — Larg. 14 c.

87 — Plaque ovale à peinture coloriée et à paillons représentant saint Roch et un ange. On lit dans le haut le nom du saint et sur le côté, la signature de l'artiste : *Isaac Martin.* Cette pièce provient de la collection de M. Didier Petit, elle est citée par M. de Laborde, dans sa notice sur les émaux, page 210, cadre en bois doré.

Haut. 17 c. — Larg. 12 c.

88 — Deux petites plaques provenant de baisers de paix, elles sont cintrées dans le haut et à fond bleu. Sur l'une est représenté le Christ en croix avec les saintes femmes et saint Jean. Sur l'autre, l'adoration des Mages. Peinture coloriée et rehaussée d'or. Ces deux émaux sont réunis dans un même cadre en bois noir.

Haut. 15 c. — Larg. 12 c.

89. — Plaque carrée à peinture grisaille légèrement teintée représentant Pilate se lavant les mains. Signé, P.-R. PIERRE RAYMOND, avec la date de 1545. Cadre en bois noir, provenant de la collection Brunet Denon.

Haut. 8 c. — Larg. 6 c.

90 — Plaque carrée à peinture grisaille rehaussée d'or, représentant l'enfant Jésus et saint Jean; au-dessus du sujet, on voit des anges portant une croix, signée, I. L. et au revers. *Laudin*, émailleur au faubourg de Magnine à Limoges. — Cadre bois doré.

Haut. 14 c. — Larg. 12 c.

91 — Plaque ovale en travers, représentant sainte Geneviève entourée de moutons, très-belle peinture grisaille rehaussée d'or, sur un cartouche qui est à ses pieds, on lit : *pascitur et pascit*. Au revers, on lit en lettres d'or, *P. Noualhier*, émailleur à Limoges. — Cadre sculpté bois doré.

Haut. 15 c. — Larg. 18 c.

92 — Jolie petite plaque carrée émaillée sur paillon représentant l'adoration des Mages, peinture très-fine et de couleur vive rehaussée d'or, Signée dans le haut : S. C. (*Suzanne Courtois*). — Cadre en cuivre doré

Haut. 9 c. — Larg. 7 c.

93 — Plaque ceintrée par le haut, représentant l'Annonciation, belle peinture coloriée et à paillons ; la Vierge est agenouillée devant un prie-Dieu, l'ange est devant elle ; dans les nuages est représenté le Père éternel ; on lit sur un coussin les lettres I. P. Au revers, le contre-émail translucide laisse apercevoir le poinçon P. L. de *Jean Penicaud II*. — Ce bel émail a été décrit par M. de Laborde dans sa notice sur les émaux du Louvre, page 155.

Haut. 15 c. — Larg. 13 c.

94 — Collection de vingt-deux médaillons de diverses grandeurs à peintures coloriées représentant des sujets de l'Ancien et du Nouveau Testament. Peintures très-fines du temps de Louis XIV, dont quelques unes sont émaillées sur or, le tout réuni et fixé sur une planche en bois noir.

95 — Médaillon ovale représentant une jeune fille, belle peinture d'après Greuse, par Soiron. — Cadre en bois doré.

Haut. 16 c. — Larg. 13 c.

96 — Plaque carrée à peinture coloriée rehaussée d'or représentant Jésus au Jardin des Olives. Ce sujet est surmonté d'une plaque cintrée représentant Dieu le Père entouré d'anges. Ces deux émaux peuvent être attribués à l'un des Penicaud — Cadre en bois noir à moulures dorées.

Haut. plaque carrée 16 c. — Larg. 13 c.

97 — Grande plaque carrée à fond bleu clair représentant l'apothéose de la Vierge entourée de divers attributs avec légendes inscrites sur des banderolles. — Cadre en bois doré. Vente Brunet Denon.

Haut. 22 c. — Larg. 28 c.

98 — Autre plaque faisant pendant à la précédente, une abbesse de la famille de Bourbon à genoux devant le Christ, derrière elle, sa patronne, et au-dessus, le Père éternel, sur un nuage. — Ces deux émaux peuvent être attribués à Isaac Martin.

99 — Plaque carrée à peinture coloriée et à paillons représentant, au milieu, saint Bruno entouré de huit petits médaillons indiquant des épisodes de la vie de ce saint, au bas est une armoirie. Ce bel émail est signé I. C. (Jean Courtois). — Cadre bois noir.

Haut. 18 c. — Larg. 13 c.

100 — Grand médaillon ovale à peinture coloriée avec paillons représentant un sujet mythologique sur fond de paysage avec monuments. — Cadre bois noir à filets d'or.

Haut. 30 c. — Larg. 22 c.

**101** — Autre grand médaillon pendant du précédent représentant aussi un sujet mythologique. — Ces deux belles pièces peuvent être attribuées à Jean Courtois.

Même grandeur.

**102** — Petit médaillon octogone. Peinture sur paillon représentant en relief l'enlèvement d'Europe. Signée I. C. — Cadre cuivre doré.

Haut. 9 c. — Larg. 7 c.

**103** — Autre médaillon de même forme, peinture à paillon représentant un sujet mythologique.

Même dimension que le précédent.

**104** — Plaque carrée divisée en treize compartiments, celui du milieu représente le Christ debout tenant une sphère surmontée d'une croix, dans les autres sont représentés les douze apôtres. Peinture coloriée et à paillons d'une rare perfection, au revers, le contre-émail translucide laisse apercevoir le poinçon P. L. de Jean Penicaud II. — Cadre en bois sculpté. Ce bel émail est décrit dans l'ouvrage de M. de Laborde, qui l'a comparé aux plus belles miniatures des livres d'heures.

Haut. 14 c. — Larg. 10 c.

**105** — Quatre plaques carrées réunies dans un même cadre, peintures en grisailles rehaussées d'or représentant des sujets allégoriques de la France, de l'Allemagne, de l'Italie et de l'Espagne portant chacun les écussons armoriés de ces pays. Ces émaux peuvent être attribués à Jean Laudin.

Haut. 14 c — Larg. 22 c

106 — Plaque carrée représentant une famille en prières au pied de la croix, belle peinture coloriée et à paillon offrant sur un fond de paysage la ville de Jérusalem. — Cadre en bois noir.

Haut. 17 c. — Larg. 13 c.

107 Grande plaque carrée. Peinture coloriée et rehaussée d'or, dans le style d'Albert Durer, représentant l'adoration des Bergers, on lit des inscriptions en caractères gothiques sur les vêtements des personnages et sur les monuments qui occupent le fond du tableau, et au bas, l'inscription suivante : *O mater Dei, memento mei*, citée par M. de Laborde, p. 149. — Cadre en bois noir.

Haut. 25 c. — Larg. 21 c.

108 — Petite plaque carrée ceintrée dans le haut offrant le portrait de Pie V, dont la figure forme une légère saillie, au revers de la plaque, sur le contre-émail, on voit les initiales de Léonard Limousin et la date de 1567. — Cadre à moulure en écaille rouge.

Haut. 12 c. — Larg. 7 c.

109 et 110 — Deux plaques rectanguleires provenant d'un triptyque; peintures coloriées rehaussées d'or et d'émaux transparents imitant des pierreries, sur l'une est représentée la Nativité, sur l'autre, la Circoncision. Ces deux belles peintures ne peuvent être attribuées qu'à Penicaud II. — Cadre en bois d'ébène.

Haut. 15 c. — Larg. 10 c.

111 — Grande plaque carrée, peinture coloriée représentant la Crucifixion dans le style allemand du xvi^e siècle. Le cadre en cuivre doré de l'époque, offre au bas six petits compartiments renfermant des ornements en reliefs, alternés entre eux par de petits pilastres.

Haut. 30 c. — Larg. 21 c.

112 — Grande plaque carrée. Peinture coloriée, représentant Jésus devant Pilate. Cadre bois noir.

Haut. 20 c. — Larg. 16 c.

113 — Autre plaque, pendant de la précédente, représentant Pilate se lavant les mains. Même dimension. Ces deux belles plaques peuvent être attribuées à Pierre Penicaud

114 — Plaque cintrée dans le haut, provenant d'un baiser de paix Peinture coloriée sur paillons, représentant la Vierge tenant l'enfant Jésus assis sur ses genoux. Cadre bois noir.

Haut. 8 c. — Larg. 6 c.

115 — Belle plaque carrée. Peinture coloriée et sur paillon, représentant la Vierge aux sept douleurs, entourée de sept médaillons représentant des sujets tirés de la Passion. Pièce remarquable Vente Hope. Cadre en bois noir.

Haut. 24 c. — Larg. 20 c.

116 — Émail byzantin du xvi^e siècle, plaque carrée à fond doré et à dessins champ-levés, représentant la descente du Saint-Esprit sur les apôtres.

Haut. 29 c. — Larg. 9 c.

117 — Plaque de chape en émail byzantin, offrant sur un fond bleu la Vierge et l'enfant Jésus placés sous un dais que supportent deux anges

Diam. 16 c.

118 — Baiser de paix, en cuivre émaillé, offrant au milieu la Vierge et l'enfant Jésus, en bronze doré. Travail italien du XVIe siècle.

Haut. 14 c. — Larg. 10 c.

119 et 120 — Une paire de flambeaux byzantins du XIVe siècle, à dessins champ-levés à fond-vert émaillé.

121 — Petite châsse byzantine du XIVe siècle, à émaux champ-levés, dont les figures ont les têtes saillantes, en bronze doré. Elle est surmontée d'une crête à jour. Très-bonne conservation.

Haut. 15 c. — Long. 12 c.

122 — Custode. Le couvercle est surmonté d'une croix. Émail byzantin à émaux chanlevés sur fond doré.

Haut. 12 c. — Diam. 5 c.

123 — Salière dont la peinture en grisaille offre au pourtour la toilette de Vénus, et dans la coupe un buste de femme avec guirlandes de fruits et des mascarons. Attribuée à Pierre Rémond.

Haut. 7 c. — Diam. 10 c.

124 — Très-belle assiette. La peinture grisaille teintée, rehaussée d'or, représente le sacrifice d'Iphygénie. Le bord est décoré de masca-

rons et de riches arabesques en grotesques du plus beau style. Au revers est une rosace formée d'entrelacs et de cariatides, avec entourage d'arabesques. Cette belle pièce est signée *I.-C.* (*Jean Courtois*). Provenant de la vente Préau.

20 c.

125 — Belle coupe à peinture grisaille légèrement teintée. L'intérieur offre le sujet de Didon et Ascagne, composition d'un grand nombre de figures. Ce sujet est entouré d'une riche bordure d'arabesques; le revers et le pied sont décorés de guirlandes et de feuillages suspendus à des mascarons à mufles de lion. Cette belle pièce est signée sur la coupe et sur le pied des initiales P. R. (Pierre Rémond).

Haut. 15 c. — Diam. 20 c.

126 — Couvercle de coupe, en grisaille teintée, représentant à l'extérieur le triomphe de Diane, d'après Raphaël. A l'intérieur sont des médaillons avec bustes d'hommes et de femmes alternés entre eux par des arabesques d'or. Cette pièce est de Pierre Rémond.

Diam. 20 c.

127 — Coupe à peinture coloriée, offrant au dedans et au dehors des médaillons renfermant des bustes d'hommes et de femmes.

Diam. 20 c.

128 — Grande assiette à peinture grisaille teintée, représentant un sujet mythologique. Sur le bord sont des arabesques à rinceaux avec figures d'enfants, le tout rehaussé d'or. Le revers est décoré d'arabesques du même style et de mascarons à tête d'ange.

Diam. 24 c.

129 — Grand plat ovale à grisaille teintée, représentant les noces de Psyché, d'après Raphaël. Ce sujet est entouré d'une riche bordure d'arabesques d'or sur fond noir. Le revers est décoré d'entrelacs et de mascarons d'un très-beau style. On y lit : A LYMOGES - PAR - IEHAN - COVRT - DIT - VIGIER. - 1557. Cette belle pièce a été décrite par M. Delaborde comme étant d'un travail large et d'un grand effet. Provenant du cabinet Callet.

Diam. 42 c. sur 28.

130 — Hanap à peinture grisaille teintée, représentant le Passage de la mer Rouge, avec décors d'arabesques et de guirlandes rehaussées d'or, par Jean Courtois.

Haut. 19 c.

## OBJETS DIVERS.

131 — Coupe ovale en agate d'Allemagne.

Diam. 11 c. sur 9.

132 — Beau manuscrit sur vélin, du XIV^e siècle, renfermant 186 feuilles entourées de vignettes, 12 grandes miniatures dont quelques-unes sont des portraits, et 32 médaillons ; reliure en velours bleu et fermoires en argent. Provenant du cabinet Didier-Petit.

133 — Médaillon ovale en mosaïque de Florence en relief. Le buste du Christ exécuté en matières précieuses sur fond de jaspe sanguin.

Haut. 7 c. 1/2 sur 5 1/2.

134 — Lapis-lazuli. Chinois accroupi. Travail très-fin, sculpté dans la masse, sur pied en bois de fer.

Haut. 4 c.

135 — Cristal de roche rose. Autre figure chinoise accroupie, tenant un sceptre. Sculpté dans la masse sur socle en bois de fer.

Haut. 5 c.

136 — Jade gris verdâtre. Grande coupe ayant la forme d'une fleur de nénufar, entourée d'une branche de feuillages de cette plante, sculptée et évidée dans la masse. Beau travail chinois, sur socle en bois de fer, sculpté et découpé à jour.

Long. 15 c. — Larg. 12 c.

137 — Jade vert. Coupe à une anse, formée par un dragon évidé dans la masse. Beau travail chinois.

Diam. 10 c.

138 — Jade verdâtre. Coupe de forme oblongue très-légèrement évidée et chargée extérieurement de fleurs sculptées avec soin et fort délicates. Travail indien. La monture en argent est d'une forme élégante et d'un travail très-soigné.

12 c. sur 9.

139 — Petit lingot en argent couvert de caractères chinois, sur socle en bois de fer, provenant de la collection de Guines.

140 — Médaille en plomb, de Charles-Quint, portant la date de 1521. Autour les armes de chacune de ses provinces.

141 — Petit triptyque greco-russe en cuivre dont les fonds sont émaillés.

142 — Médaillon ovale avec buste de ronde-bosse, représentant l'empereur Maximilien II, portant d'une main son sceptre et de l'autre la boule du monde surmontée d'une croix. 1564.

Haut. 7 c.

143 — Verre de Venise. Une coupe et sa soucoupe, verre agate aventuriné, provenant de la vente Debruge.

144 — Grand bas-relief en cire, représentant Marie Leczinska, femme de Louis XV, recevant les demoiselles de Saint-Cyr. Cadre en bois noir.

Haut. 21 c. — Larg. 34 c.

145 — Cristal de roche. Beau flacon taillé à pan, d'une matière très-limpide et d'un beau fini; le bouchon a la forme d'une fleur de lis.

Haut. 14 c.

146 — Même matière. Joli petit gobelet orné de gravures, garni de deux cercles ciselés en argent doré.

Haut. 4 c. 1/2.

147 — Livre de cantiques en allemand, dont la couverture en argent doré, très-riche d'ornementation et découpée à jour, offre en outre des médaillons à sujets et des figures d'anges.

Poids 204 gr.

148 — Médaillon ovale représentant une offrande à Priape; très-beau niel, dans un cadre en cuivre doré, finement ciselé.

7 c. 1/2 sur 6.

149 — Mosaïque romaine de la plus grande finesse, par *V. Verdejo*, représentant le pape Pie VII. Pièce d'une rare beauté d'exécution. — Cadre cuivre doré.

Diam. 7 c. 1/2.

150 — Petite boîte ronde en filigrane d'argent renfermant trente petites médailles en or de ducat.

151 — Joli groupe en bronze de trois figures allégoriques; les personnages sont costumés dans le style de Watteau. Sur piédestal en bronze doré.

Haut. du bronze 23 c. — Haut. totale 36 c.

152 — Jolie statuette représentant un personnage de la Comédie italienne battant du tambour. Ciselure très-soignée. Sur socle en marbre garni de bronze doré.

Haut. du bronze 26 c. — Haut. totale 39 c.

153 — Chien basset en bronze de couleur florentine. Sur socle en marbre blanc.

Haut. 30 c.

154 — Chien lévrier en bronze de couleur florentine (Pendant du précédent). Socle marbre blanc.

Haut. 32 c.

# TROISIÈME VACATION

## PEINTURES & MINIATURES.

155 — Belle peinture à l'huile sur lapis-lazuli, représentant la fuite en Égypte : dans les nuages, figurés par les nuances de la matière, est un grand nombre de figures d'anges dans diverses attitudes. Cette belle peinture est attribuée à Albani-Francesco, école de Bologne. — Cadre bois doré.

Ovale, 23 c. de haut. sur 18 de large.

156 — Joli petit tableau peint sur bois attribué à Porbus, avec la date de 1620, représentant des portraits de famille. Grande finesse d'exécution.

157 — Portrait, de Diane de Poitiers, duchesse de Valentinois, maîtresse de Henri II, peint sur cuivre, d'après nature par *Lucas Penni*. On lit derrière le cadre : (vu par nous, Lebrun, certifié authentique). Il provient du cabinet Crawfort, vendu en 1816.

138 — Portrait d'un personnage flamand, en costume du temps de Henri IV. Belle peinture sur argent, par Porbus. Au revers, une armoirie, avec la devise : IN SE IESO TOTVS.

Haut. 24 c. — Larg. 17 c.

139 — Missel provenant de la collection du baron Denon, ancien directeur du Musée. Nous rapportons ici textuellement la *description* donnée dans son Catalogue : Missel renfermant huit tableaux, représentant des sujets de l'Ancien et du Nouveau Testament. Les sujets sont : Adam et Ève séduits par le serpent ; le Père Éternel leur reprochant leur faute ; la Crèche ; Jésus baptisé par saint Jean ; la Cène ; le Christ en croix ; la Résurrection ; Jésus dans sa gloire, foulant aux pieds le serpent.

Ce morceau précieux a fait partie de l'oratoire des papes ; on a présumé qu'il avait été peint par un élève de Raphaël ; nous y avons retrouvé plutôt le pinceau et le goût du dessin de Rottenhamer. Ce peintre passa une grande partie de sa vie en Italie et fut plus éloquent et plus gracieux que la plupart des peintres allemands, mais il conserva toujours un reste du goût de sa nation. Ce missel doit être considéré comme un morceau non-seulement curieux par son origine, mais aussi très-remarquable par la perfection des peintures. — Cadres en ébène et reliure en velours avec appliques en cuivre doré avec le monogramme du Christ.

Haut. 24 c. sur 17.

160 — Miniature sur vélin, représentant un concert par quatre musiciens en costume espagnol.

Haut. 10 c. sur 14 de long.

161 et 162 — Deux grandes et belles gouaches représentant, l'une, l'enlèvement des Sabines, et l'autre, le sacrifice d'Iphigénie. Elles sont remarquables par la beauté du dessin et la fraîcheur du coloris. — Provenant de la vente Chéronnet.

Haut 12 c. — Larg. 30 c.

163 — Grande et belle miniature sur ivoire représentant un faune blessé auquel une femme satyre extirpe une épine du pied. Charmante et belle composition d'une grande finesse de dessin, attribuée à Miéris. — Cadre bois doré.

Haut. 15 c. — Larg. 13 c.

164 — Aquarelle. Un fumeur assis, par Van Ostade. — — Cadre bois doré. De la collection Réville.

Haut. 10 c. — Larg. 7 c.

165 — Miniature sur vélin. Le portrait de Canova, d'après le baron Gérard. — Cadre doré.

Boutron

Haut. 9 c. Larg. 9 c.

166 — Petit médaillon ovale. Peinture à l'huile sur cuivre représentant François Bertholomé, moine. Attribué à Murillo.

Haut. 9 c. — Larg. 7 c.

167 — Autre médaillon. Jeune seigneur du temps de Louis XIII. Peinture sur cuivre.

Haut. 8 c. — Larg. 6 c.

168 — Medaillon de forme ronde. Vernis Martin représentant Loth et ses filles. Peinture d'une finesse remarquable. — Cadre en cuivre doré.

Diam. 5 c.

169 — Beau dessin en grisaille représentant Loth et ses filles. Exéution d'une grande finesse, dans le style de Klingstet. — Cadre bois doré.

Haut. 9 c. — Larg. 11 c.

170 et 171 — Deux gouaches très-finement peintes, représentant, l'une, la vue de Vernon, prise de l'avenue de Rouen; l'autre, la vue du château de Blée, de Vernon, prise du bord de l'eau adossé à la ville, par Lioux Savignac en 1778.

Haut. 9 c. — Larg 12 c.

172 — Jolie petite miniature de forme circulaire, par van Blarenberghe, représentant la Visite à la Nourrice. Les personnages sont dans le costume du temps de Louis XV. Cadre en bois noir.

Diam. 4 c.

6390

173 — Belle miniature ovale représentant M^me de Grignan, fille de M^me de Sévigné. Cadre en cuivre doré

Haut. 7 c. — Larg. 6 c.

174 — Portrait de M^me Lebrun, charmante miniature, par Villiers. Cadre en bois noir.

Diam. 7 c.

175 — Portrait de femme en cheveux, tenant un bouquet de fleurs. Miniature d'une grande fraîcheur. Cadre en bois noir.

Diam. 7 c.

176 — Miniature ovale. Portrait de femme en cheveux poudrés, du temps de Louis XV. Cadre doré.

Haut. 5 c. — Larg. 4 c.

177 — Portrait de M^lle de Blois, en costume très-élégant, du temps de Louis XIV, par *Cariera Rosalba*. Cadre en cuivre doré.

Haut. 10 c. — Larg. 8 c.

178 — Portrait d'homme du temps de Louis XVI d'une grande finesse. Signé, Sicardi, 1774. Cadre bois noir.

179 — Très-belle miniature, par Blarenbergh, représentant un bal à la Cour. Pièce d'une rare beauté. Cadre ancien en émail blanc avec ornements d'or.

Haut. 5 c. — Larg. 7 c.

180 — Portrait de Mme de Châteauroux, maîtresse de Louis XV. Très-belle miniature, par Natier. 1760. Cadre en bois d'ébène et cercle en or.

Haut. 7 c. — Larg. 5 c.

181 — Portrait de femme en cheveux, par Sicardi, 1788.

Diam. 6 c.

182 — Deux miniatures réunies dans un même cadre. Les portraits de Joseph II et de Marie-Antoinette. Cadre bois noir.

Haut. 5 c. 1/2. — Larg. 4 c.

183 — Portrait de Mlle de Lavallière, d'après Petitot. Miniature d'une grande beauté dans un cadre en cuivre doré.

184 — Portrait de femme, dite la Belle Jardinière de Meudon. Cadre en cuivre doré.

Haut. 5 c. — Larg. 4 c.

185. — Portrait de femme à demi-couchée et entièrement nue, tenant un bouquet de roses, par Hesse. Cadre bois noir. Provenant du cabinet Denon.

Diam. 7 c.

186 — Portrait du duc de Montpensier, frère de Louis-Philippe, signé J. Isabey, de la vente Saint. Cadre bois noir.

Diam. 7 c.

187 — Portrait d'Homme en manteau bleu doublé de rouge, signé Augustin, de la vente Saint. Cadre bois noir. Armande Galle ??

Diam. 8 c.

188 — Portrait de Louis-Napoléon, roi de Hollande, en costume de général, par Saint. Cadre bois noir.

Haut. 6 c. — Larg. 4 c. 1/2.

189 — Miniature, représentant les portraits du duc d'Orléans, fils du régent, de son fils Louis-Philippe duc de Chartres, de sa sœur l'abbesse de Chelles et de Madame Louise-Adélaïde d'Orléans. Cadre en cuivre doré.

Haut. 5 c. — Larg. 7 c.

190 — Miniature sur ivoire, Femme en costume de théâtre, par Perrin, de la collect. Debruge. Cadre bois noir.

Diam. 7 c.

191 — Deux belles miniatures, de forme rectangulaire à angles coupés; elles représentent sur l'une, Madame Elisabeth, tenant en main un médaillon avec le portrait de Louis XVI, le comte Provence et le comte d'Artois; sur l'autre, la reine Marie-Antoinette, Madame Royale, le grand Dauphin et Louis XVII. Ces deux belles peintures signées Spozzi, 1787, ornaient la tabatière de Louis XVI, et conservent encore les encadrements en or qui les fixaient sur cette boîte.

192 — Belle miniature, représentant trois femmes faisant de la musique, par Rosalba. Cadre en cuivre doré.

Haut. 10 c. — Larg. 8 c.

193 — Miniature en grisaille tintée. Sujet composé de trois figures, par Klingstet. Cadre en cuivre doré.

Haut. 6 c. — Larg. 8 c.

194 — Portrait du roi de Pologne Stanislas Leczinsky. Grande miniature, signée Lepène. Cadre doré.

Haut. 9 c. — Larg. 7 c.

195 — Grande miniature représentant une reproduction de l'épisode de Cornélie, mère des deux Gracchus. Cette belle miniature, dans le style de Hall, est signée Gamelin, 1791. Cadre en cuivre doré.

Diam. 10 c.

196 — Portrait de Marie-Antoinette, en robe bleue et ceinture blanche, attribué à Hall. Médaillon en cuivre doré.

Haut. 6 c. — Larg. 5 c.

197 — Portrait de femme poudrée, en robe violette, attribué à Hall. Cadre bois noir.

Diam. 6 c.

198 — Portrait d'une jeune femme poudrée, avec bouquets de fleurs au sein et dans les cheveux. Belle miniature par Hall, de la vente Saint. Cadre bois noir.

Diam. 7 c.

199 — Portrait d'une jeune fille, le sein découvert, et coiffée en turban, par Hall. Cadre bois noir.

Diam. 7 c.

200 — Grande miniature ovale, représentant la femme de Hall, sa sœur et son enfant. Cette belle miniature est considérée comme le chef-d'œuvre de ce célèbre artiste et provient de la vente de Saint. Cadre en bois noir avec cercle doré.

Diam. 11 c. sur 9.

201 — Portrait du peintre Giraudet, par Hall. Belle miniature de la vente de Saint. Cadre bois doré.

Haut. 9 c. — Larg. 9 c.

## TABATIÈRES.

202 — Tabatière ronde, en or émaillé, du temps de Louis XVI, le pourtour est fond bleu avec entourage d'émaux transparents. Cette boîte est ornée de deux grandes miniatures représentant des fêtes champêtres dans le style flamand.

Poids 130 gr.

203 — Boîte ovale, en or émaillé, du temps de Louis XVI, fond bleu lapis, ornées de guirlandes en or ciselé et de médaillons émaillés, représentant des sujets mythologiques.

Poids 138 gr.

204. — Grande boîte carrée en écaille, dont le couvercle est orné d'un médaillon ovale, représentant une parade à la foire de Saint-Germain. Cette miniature, signée V. Blarenberghe, 1763, peut être considérée comme l'un des chefs-d'œuvre du maître.

Grandeur de la miniature 6 c. sur 8.

205 — Boîte rectangulaire en écaille garnie et doublée en or offrant sur le couvercle une belle miniature en grisaille teintée par Klingstet, représentant une jeune femme avec son chien sur un sopha.

206. — Tabatière ronde en écaille, à cercles d'or avec ornements ciselés et doublée en or, travail du temps de Louis XVI. Le couvercle est orné d'une belle miniature représentant une kermesse dans le style flamand, signée Blarenberghe, 1772.

207. — Boîte ovale en or émaillé et ciselé, décorée de guirlandes de chêne et de six médaillons à peintures grisailles, représentant des jeux d'enfants.

Poids 99 gr.

208 — Grande et belle boîte ronde en or ciselé et émaillé du temps de Louis XVI, ornée de six médaillons représentant les arts libéraux; celui du couvercle représente l'Étude. — Poids 189 grammes.

209 — Grande boîte ovale en or ciselé et émaillé, du temps de Louis XVI, à fond violet, avec entourage de perles blanches et de guirlandes de chêne; le couvercle est en outre orné d'un médaillon, avec sujet dans le style de Boucher. — Poids, 175 grammes.

210 — Boîte ovale en or ciselé et émaillé du temps de Louis XVI, fond violet clair, avec entourage d'ornements en émaux transparents; le couvercle offre un médaillon avec sujet allégorique. — Poids, 97 grammes.

211 — Boîte de forme baroque en or ciselé, du temps de Louis XV, contenant une montre placée dans le double fond de la boîte; le couvercle est enrichi d'un grand nombre de pierreries, telles que brillants, rubis, émeraudes, saphirs et grenats. — Poids, 134 grammes.

212 — Belle boîte ovale en or ciselé et émaillé du temps de Louis XVI; elle est ornée de six miniatures dans le goût de Blarenberghe, représentant des paysages avec scènes dans le style flamand. — Poids, 117 grammes.

213 — Très-belle boîte rectangulaire en or ciselé et émaillé, du temps de Louis XV, décorée de médaillons à sujets dans le style de Boucher, et de bouquets de fleurs. — Poids, 143 grammes.

214 — Grande et belle boîte en or ciselé et émaillé, du temps de Louis XVI, fonds vert olive, avec entourage d'entrelacs vert émeraude et perles blanches ; le couvercle est enrichi du chiffre de Marie-Antoinette, avec guirlandes de fleurs, formés de petites roses au nombre de 320.

Cette belle boîte a été donnée par Marie-Antoinette aux demoiselles de Fontenelle.

On lit sur la gorge de la boîte le nom du fabricant Denangis. — Poids, 174 grammes.

215 — Une boîte de forme rectangulaire, en or ciselé et émaillé du temps de Louis XV, décorée de rinceaux à feuillages et de fleurs émaillés en bleu et en vert ; elle est en outre ornée de six médaillons représentant des sujets d'intérieur d'après Teniers ; l'une de ces miniatures est signée Mlle Duplessis. — Poids, 158 grammes.

216 — Boîte ovale en or ciselé, ornée de six miniatures représentant des scènes d'intérieur par Blarenberghe, miniatures d'un grand fini et d'une belle composition. — Poids, 143 grammes.

217 — Grande boîte ovale en écaille noire, avec cercle en or ; le couvercle est orné d'une belle miniature représentant la duchesse de Durfort et la belle Gabrielle au bain surprises par

Henri IV, qui se cache derrière une draperie. — On attribue cette belle miniature à Klingstet.

218 — Petite boîte ovale en or ciselé et émaillé du temps de Louis XVI, dont le fonds imite la malachite ; elle est enrichie de six médaillons représentant les arts libéraux et des attributs. — Poids, 58 grammes.

219 — Très-jolie petite boîte ovale en or émaillé, fond bleu, avec entourage d'arabesques en blanc. Sur le couvercle, un portrait de femme du siècle de Louis XIV, par Petitot. — Poids 84 grammes.

220 Grande boîte ronde en écaille noire, à cercles d'or et doublée d'or, ornée de deux miniatures représentant des fêtes villageoises, par Blarenberghe.

221 — Grande boîte ronde en écaille noire, garnie en or, ornée de deux belles miniatures par Klingstet, l'une représente l'oiseau dans la cage et l'autre la séduction.

222 — Boîte rectangulaire en or ciselé, ornée sur le couvercle d'une miniature par Bernard Picard, représentant l'éducation d'Alcibiade par une Phryné.—Poids, 110 grammes.

223 — Boîte rectangulaire en écaille noire, doublée en or; le couvercle est orné d'un médaillon, avec portrait de Marie-Thérèse, femme de Louis XIV, émaillée sur or par Petitot.

224 — Boîte de même forme, en écaille noire, garnie en or; le couvercle est orné d'un camée sur sardonix orientale à deux couches, représentant Vénus sortant du bain.

225 — Boîte à cuvette de forme rectangulaire à angles coupés, en jaspe sanguin, garnie en or; le couvercle est orné d'une petite mosaïque de Florence. Aux armes des doges de Venise.

226 — Grande boîte rectangulaire en écaille, doublée en or; le couvercle orné d'une miniature par Carle Vernet et signée, représentant un mameluk et son cheval.

227 — Grande boîte ovale en vernis de Martin, garnie en or; elle est à fond d'or guilloché, orné d'un sujet pastoral et de trophées dessus et dessous.

228 — Boîte ovale en or ciselé et émaillé, du temps de Louis XV. Le fonds imite la peau de panthère. — Poids, 98 grammes.

229 — Boîte à cuvette rectangulaire, à pans coupés, en jaspe héliotrope, garnie en or ciselé du temps de Louis XVI, signée de Vachette, à Paris.

230 — Boîte de forme baroque et à cuvette en agate orientale veinée de rouge, monture en or émaillé d'une grande richesse d'ornementation.

231 — Boîte ronde en vernis de Martin, fond rouge, doublée en écaille avec cercles en or ; le couvercle est orné d'un portrait de femme du temps de Louis XVI.

232 — Boîte ovale à cuvette en jaspe sanguin d'un beau vert foncé et à larges taches rouges, garnie en or.

233 — Boîte ronde en écaille ronde, doublée en or ; sur le couvercle le portrait de Napoléon par Augustin, et signé. Donnée par Napoléon à Corvisart.

234 — Boîte à cuvette de forme baroque, en lapis-lazuli, d'une belle teinte claire, garniture en or ciselé, du temps de Louis XV.

235 — Boîte ovale à cuvette en cristal de roche, garnie en or ciselé ; le couvercle est orné d'un médaillon en émail offrant un vase de fleurs, et à l'intérieur d'une grisaille représentant des amours.

236 — Boîte rectangulaire en écaille noire, offrant sur le couvercle un très-grand camée en sardonyx orientale représentant deux personnages de l'antiquité et un aigle blanc. On a profité habilement d'une tache blanche de la matière pour sculpter en relief cet attribut de Jupiter, qui ressort sur le fond sardoine.

237 — Boîte ronde en écaille noire, doublée en or, ornée sur le couvercle d'un médaillon avec le portrait de l'impératrice Joséphine par Saint et signé.

238 — Boîte rectangulaire à cage en or, formée de six miniatures, sujets de courses, par Swebach et signé

comte de G...

239 — Boîte à pans en sardoine orientale de couleur claire, monture à cage en or émaillé, ornée de guirlandes de fleurs, du temps de Louis XV.

240 — Autre boîte de même forme, dont le fond est en laque rouge du Japon, décorée de six médaillons à sujets d'enfants par Germain, en or ciselé, avec guirlandes de chêne. — Poids 137 grammes.

241 — Boîte ovale en sardoine, monture à cage en or ciselé ; le couvercle est orné d'un médaillon en grisaille, représentant un sujet de l'histoire romaine, signé J.-J. Degau.

242 — Grande boîte à cuvette ovale, en lapis-lazuli de Perse, très-belle qualité, monture en or émaillé, à cercles blancs.

# QUATRIÈME VACATION.

## BIJOUX.

243 — Petite clé de montre en or émaillé, du temps de Louis XV ; d'un côté, une musette ; et de l'autre une tourterelle.

244 — Petite figurine d'enfant en argent doré, la tête ceinte d'une couronne ornée de rubis et d'un diamant, du temps de Louis XIII.

245 — Médaillon octogone en or formant reliquaire, à l'intérieur deux figurines en or émaillé représentant le Baptême de saint Jean ; entourage de grenats et de perles, du XVIᵉ siècle.

246 — Médaillon ovale en or émaillé, formant reliquaire et renfermant des ossements de différents saints, avec entourage de grenats gravés et incrustés d'émaux, du temps de Louis XIII.

247 Médaillon ovale à double face, en or émaillé, représentant le Calvaire, du XVIe siècle, provenant de la vente Debruge.

248 — Joli bijou en or émaillé, formé par la figure de l'enfant Jésus debout donnant sa bénédiction de la main droite et tenant une perle de la main gauche ; il est en outre enrichi de plusieurs émeraudes. XVIe siècle.

249 — Médaillon ovale en or émaillé et découpé à jour, offrant au milieu la Vierge couronnée debout sur un croissant : ce beau bijou enrichi d'un grand nombre d'émeraudes, porte au revers une inscription. XVIe siècle.

250 — Croix en or émaillé, du temps de Louis XIV, formant reliquaire, décorée de peintures sur les deux côtés, représentant le Christ et la Vierge, avec des emblèmes de la Passion.

251 — Médaillon ovale découpé à jour, en or émaillé et enrichi de pierreries; au milieu le monogramme du Christ XVIe siècle.

252 — Joli petit bijou en or émaillé du XVIe siècle. Une sainte de bout tenant une palme et une corne d'abondance est placée sous une niche enrichie d'émeraudes. Provenant de la vente Debruge.

253 — Médaillon en forme de bassin, dans lequel est la tête de saint Jean. Entourage en or émaillé, un rubis pendentif. Vente Debruge.

254 — Beau bijou en forme de navire, en améthyste, dont les agrets sont en or émaillé. Pièce remarquable par la beauté du travail et la conservation. XVI^e siècle.

255 — Bijou en or émaillé. Un chien lévrier couché, enrichi de rubis et diamants avec pendentifs en perles fines. XVI^e siècle.

256 — Bijou en or émaillé. Un chien, dont le corps est formé par une perle baroque ; entourage de pierreries et perles fines. XVI^e siècle.

257 — Bijou en or émaillé, représentant saint Nicolas sous une niche à fond bleu étoilé, au bas sont des perles en pendentifs. XVI^e siècle.

258 — Médaillon ovale, découpé à jour, en or émaillé, enrichi de rubis et d'émeraudes ; au milieu, un petit camée sur sardonix à trois couches, et trois pendentifs en perles. XVI^e siècle.

259 — Médaillon ovale découpé à jour, offrant, au centre d'une auréole, l'Enfant Jésus tenant la boule du monde et donnant sa bénédiction. XVI^e siècle

261 — Médaillon en or émaillé. Saint Michel, debout, terrassant le démon. Ce sujet est entouré du cordon de Saint-Michel ; au bas des pendentifs en perles. Vente Debruge.

262 — Bijou en or émaillé, représentant le Calvaire avec le Christ et les deux larrons. Pièce très-fine et d'une belle exécution. XVI^e siècle.

263 — Coupe ovale en grenat syrien, montée en or émaillé sur socle en cornaline.

264 — Petite statuette de saint François, en bois et ivoire, dans une cage en or ciselé. Du temps de Louis XIII.

265 — Gazelle en sardonix orientale sur piédouche en cristal de roche, garni en or et enrichi de rubis.

266 — Bague dont le chaton renferme un bas-relief en or émaillé, représentant saint Michel terrassant le démon. Ce sujet est placé sous une plaque en cristal de roche. xvie siècle.

267 — Autre bague, du même genre, renfermant le sujet de la Crucifixion.

268 — Grand médaillon ovale en or repoussé et émaillé du xvie siècle, représentant, en bas-relief, le Christ mort, la Vierge et saint Jean; au-dessus de ce sujet, le Père éternel et le Saint-Esprit ; et au bas, un ange. Cette pièce remarquable par son importance et la perfection de l'émail qui n'a en rien altéré la finesse et la beauté du modelé des figures doit être attribuée à Benvenuto Cellini

Haut. 78 mill. — Larg. 54 mill.

269 — Plaque carrée en or repoussé et émaillé du xvie siècle, représentant des scènes de la Passion. On voit, au dernier plan, la ville de Jérusalem. Provenant de la vente Debruge.

270 — Petit autel en argent doré, de forme monumentale, du temps de Louis XIII, ornée de quatre émaux, représentant la Cène, l'Ascension du Christ, la Nativité et le Lavement des pieds. Ce petit monument est, en outre, enrichi d'un grand nombre de roses de Hollande. Haut. 14 cent.

271 — Grande plaque provenant d'une tabatière ; mosaïque en relief, représentant une bacchanale sur fond en or bruni.

272 — Autre plaque provenant également d'une tabatière. La mosaïque représente la toilette de Vénus, sur fond et entourage ciselé en or.

273 — Autre plaque provenant aussi d'une tabatière, avec mosaïque en relief. Le triomphe d'Amphitrite, fond et entourage ciselé en or, sur plaque imitant l'améthyste.

## MÉDAILLES ANTIQUES EN OR

274 — Médaille en or de l'empereur Trajan. De la vente Revil.

275 — Médaille en or de Domitien. Vente Revil.

276 — Médaille en or de Constantin. Vente Revil.

277 — Médaille en or de Faustine jeune. Vente Revil.

278 — Médaille en or de Faustine mère. Vente Revil.

279 — Statère de macédoine sous Philippe II père d'Alexandre. Tête d'Apollon, revers un bige. Vente Revil.

280 — Médaille en or des Ptolémée. Tête d'Arsinoé, revers cornes d'abondance. Vente Revil.

281 — Médaille en or d'Antonin.

282 — Grand médaillon en argent doré, représentant l'Adoration des Mages. 7 cent. de diam.

283 — Autre médaillon argent doré, représentant un sujet historique avec inscription hollandaise. 7 cent. 1/2 de diam.

284 — Médaille argent doré, suspendue à trois chaînettes, représentant deux sujets de la vie du Christ. 7 cent. de diam.

285 — Bague à chaton ouvrant, en chrysoprase de belle couleur.

286 — Bague dont le chaton porte une agate arborisée. Très-fine.

287 — Bague dont le chaton est garni d'un cabochon en polypier agatisé.

288 — Bague dont le chaton est garni d'un cabochon en polypier calcaire.

289 — Autre bague avec cabochon en grenat.

290 — Quatre pierres non montées, deux améthystes, un œil de chat en cabochon, et une agate onyx œillée.

## CAMÉES ET INTAILLES.

191 — Grand médaillon ovale, camée sur lapis-lazuli, représentant un buste de femme. Le cercle en argent émaillé, est enrichi de rubis et d'émeraudes.

292 — Bague avec camée sur cornaline à deux couches, représentant un lion marchant.

293 — Autre bague avec camée sur sardonyx, à deux couches, représentant le buste de Charlemagne couronné.

294 — Médaillon avec camée sur agate onyx, à deux couches, représentant le buste de Minerve. Monture en argent doré.

295 — Camée sur turquoise orientale, représentant le buste de Mithridate. Monté en bague.

295 — Camée sur rubis d'Orient représentant le buste de François I^er^. Ouvrage du XVI^e^ siècle. Bague.

297 — Camée sur agate onyx à deux couches. Signé A. M. W. F. Bague.

298 — Camée non monté, sur hyacinte, représentant un buste de femme.

199 — Petit médaillon, buste d'homme sur améthyste de Sibérie. Cercle en or.

300 Beau camée sur sardoine à deux couches, représentant un buste de femme. Par Girometti. De la vente Roger.

301 — Camée sur agate onyx à deux couches. Le portrait de Pie VII. Bague, de la vente Roger.

302 — Bague avec camée sur cornaline onyx à trois couches. Tête de femme couronnée de fleurs.

303 — Bague avec camée onyx à deux couches. Tête de Jupiter. Signée W. F.

304 — Camée sur sardonix à trois couches, avec corniches. Le buste d'un empereur romain, monté en bague.

305 — Bague camée sur sardonix à deux couches. Buste de femme. Signé Mastini. De la vente Roger.

306 — Grand camée sur sardonix orientale à deux couches, représentant un buste de femme diadémée. Beau travail du XVIe siècle. Au-dessous du buste on lit : Sab. bad. Avec cercle en or. De la vente Roger.

307 — Bague, camée sur lapis-lazuli, représentant un buste de femme. Beau travail du XVIe siècle.

308 — Autre camée sur lapis-lazuli. Buste de face. Bague.

309 — Bague à chatons tournants, intaille sur sardoine d'une très-belle couleur, représentant le buste de Jupiter. Très-bon ouvrage. Signé Pickler.

310 — Bague à chatons tournants, intaille sur sardoine, représentant une femme assise. Signé Pickler.

311 — Bague avec camée sur agate jaspée. Tête de femme laurée.

312 — Camée sur agate onyx à deux couches Buste de Cicéron. Bon travail. Monture en broche en argent doré.

313 — Bague avec camée sur sardonix à deux couches, représentant une femme tenant un enenfant assis sur une panthère. Travail du XVIe siècle.

314 — Bague avec camée sur sardonyx orientale à trois couches, représentant le Christ en croix. sainte Marie-Madeleine et saint Jean. Travail du XVe siècle.

315 — Bague en or émaillé, du XVIe siècle, dont le chaton est orné d'une émeraude octogone, représentant en intaille le buste de Henri IV.

316 — Grand camée, buste de femme sur agate onyx à plusieurs couches. Gravé par Berini.

317 — Bague avec intaille, sur rubis d'Orient de couleur claire. Représentant un Amour tenant un carquois. Provenant de la vente Révil.

318 — Sardoine intaille. Buste d'Hercule jeune. Bon ouvrage signé Pickler.

319 — Bague avec camée sur agate onyx à deux couches, de teinte rosée, représentant le buste du cardinal Fesch. Signé Morelli.

320 — Camée sur agate onyx à plusieurs couches. Représentant le zodiaque et la chute de Phaéton. Très-bon travail du XVIe siècle.

321 — Camée sur agate onyx à deux couches. Buste de femme; les cheveux nattés. Très-bon ouvrage du XVIe siècle.

322 — Camée de haut-relief sur onyx à deux couches, représentant l'empereur Commode à cheval, chassant le sanglier. Ouvrage du XVIe siècle.

324 — Bague camée sur agate onyx à deux couches. Buste de femme vue de face

325 — Bague avec intaille sur sardonyx à deux couches (Nicolo), représentant les bustes de Jupiter et Junon. Travail antique.

326 — Beau camée sur sardonix oriental à trois couches. Buste de femme la tête ceinte d'une couronne murale Bon travail du XVIe siècle.

327 — Camée ovale sur sardonix à troix couches, représentant un sujet de l'antiquité.

328 — Bague avec camée sur onyx à deux couches. Buste de Minerve casquée. Travail du XVIe siècle.

329 — Agate onyx à deux couches, de teinte rosée, représentant le buste d'un empereur romain vu de face.

Renou et Maulde, imprimeurs de la Compagnie des Commissaires-Priseurs
rue de Rivoli, 144. 8172

100
36
15
151
43
108
80
188

# PRINCIPALES PIÈCES DE LA COLLECTION.

27

260

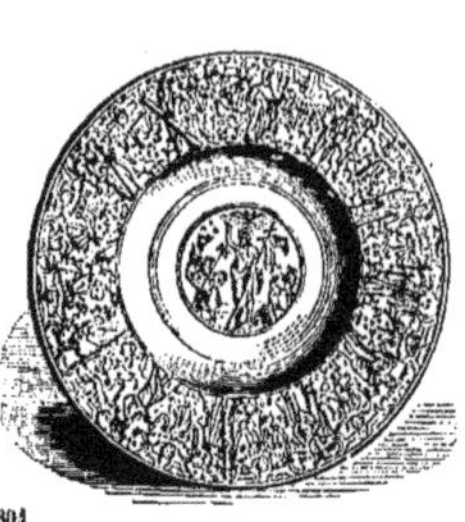

304

11

251

64

206

61

1

www.ingramcontent.com/pod-product-compliance
Ingram Content Group UK Ltd.
Pitfield, Milton Keynes, MK11 3LW, UK
UKHW022137190726
13855UKWH00003B/1190